Un sillón para mi mamá

por *Vera B. Williams*

Traducido por Aída E. Marcuse

Greenwillow Books
An Imprint of HarperCollinsPublishers

Rayo is an imprint of HarperCollins Publishers Inc.

A Chair for My Mother

Illustrations and English-language text copyright © 1982 by Vera B. Williams
Spanish-language translation copyright © 1994 by HarperCollins Publishers Inc.
Manufactured in China. All rights reserved.

Library of Congress Cataloging-in-Publication Data
Williams, Vera B.
A chair for my mother.
"Greenwillow Books."
Summary: A child, her waitress mother, and her grandmother
save dimes to buy a comfortable armchair after all their furniture
is lost in a fire.
ISBN 0-688-13200-6 (Spanish pbk.)
[1. Family life—Fiction. 2. Savings and investment—Fiction.
3. Chairs—Fiction.] I. Title.
PZ7.W6685Ch   [E] 81-7010   AACR2

Visit us on the World Wide Web!
www.harperchildrens.com

A la memoria de mi madre, Rebecca Poringer Baker

Mi madre trabaja de camarera en el restaurante *Blue Tile*.
A veces, al salir de la escuela la voy a buscar allí. En esas ocasiones,
Josefina, su jefa, me da algún pequeño trabajo para hacer; como lavar
los saleros y pimenteros y llenar las botellas de salsa de tomate.
Una vez, pelé las cebollas para hacer sopa.

    Cuando termino, Josefina me dice:
— ¡Buen trabajo, linda! — y me paga. Cada vez que gano dinero,
guardo la mitad en el botellón.

Hace falta mucho tiempo para llenar un botellón tan grande.
Cada tarde, cuando mamá regresa del trabajo, bajo el botellón de la
estantería. Mamá saca de su cartera todas las monedas que le dieron
de propina y yo las cuento. Después, las echamos en el botellón.

A veces, mamá vuelve a casa muy contenta, pero en ocasiones está
tan cansada que se queda dormida mientras pongo las monedas en pila y
las cuento. Algunos días recibe muchas propinas, otros,
menos, y esto le preocupa. Pero todas las noches, una por una,
las relucientes monedas acaban en el botellón.

Nos sentamos en la cocina a contar las propinas. Casi todas las noches, Abuelita nos acompaña y canturrea mientras nosotras contamos las monedas. A menudo nos da dinero de su viejo monedero de cuero. Cuando consigue comprar a buen precio tomates o plátanos, o cualquier otra cosa, el dinero que se ahorra lo guarda en el botellón.

Cuando ya no quepa una sola moneda más en el botellón,
las sacaremos todas y con ese dinero compraremos un sillón.

Sí, un sillón. Uno precioso, muy cómodo, un magnífico sillón.
Compraremos un sillón tapizado en terciopelo con estampado de rosas.
¡Compraremos el mejor sillón del mundo!

Los sillones que teníamos se quemaron. En la casa donde vivíamos
antes hubo un gran incendio. Todos nuestros muebles se quemaron:
las sillas, el sofá y todo lo que teníamos. Esto ocurrió no hace mucho.

Mamá y yo habíamos ido a comprar zapatos y regresábamos a casa. Yo traía un par de sandalias nuevas, y mamá unas zapatillas. Caminábamos en dirección a casa, admirando los tulipanes que veíamos a nuestro paso. Mamá decía cuánto le gustaban los tulipanes rojos, y yo, que prefería los amarillos. Así llegamos a nuestra calle.

Justo delante de la casa había estacionados dos grandes carros de bomberos. Había mucho humo y grandes llamaradas anaranjadas escapaban del techo. Todos los vecinos miraban desde la acera de enfrente. Mamá me tomó de la mano y corrimos. Al vernos, mi tío Santiago vino hacia nosotras.

– ¿Dónde está mamá? – gritó mi mamá.

– ¿Dónde está mi abuela? – grité.

Mi tía Ida agitó la mano y nos gritó:

– ¡Está aquí! ¡Está aquí! Está bien, no se preocupen.

Abuelita estaba bien. Nuestra gata también se había salvado, aunque nos costó trabajo encontrarla. Pero el resto de nuestras cosas se había perdido.

En la casa todo era carbón y cenizas.

Fuimos a vivir con la hermana de mi madre, la tía Ida
y su marido, el tío Santiago. Después pudimos mudarnos
al apartamento de la planta baja. Pintamos las paredes de
amarillo y dejamos los pisos relucientes. Pero las habitaciones
estaban completamente vacías.

El día que nos mudamos, los vecinos nos trajeron pizza,
bizcocho y helado, además de muchas otras cosas.

La familia que vivía enfrente nos trajo una mesa para la cocina
y tres sillas. El señor mayor que vivía al lado nos dio una cama de
cuando sus hijos eran pequeños.

Mi otro abuelo nos regaló su linda alfombra. La otra hermana

de mi madre, Sally, nos hizo cortinas rojas y blancas. La jefa de mamá,
Josefina, nos trajo ollas y sartenes, cubiertos y platos. Y mi prima me
regaló su osito preferido.

Todos aplaudieron cuando Abuelita dijo unas palabras:

—Son todos muy bondadosos—dijo—y les damos las gracias de todo
corazón. Por suerte, somos jóvenes y podemos empezar de nuevo.

Esto ocurrió el año pasado, pero todavía no tenemos ni sofá, ni sillones. Cuando mamá vuelve del trabajo, le duelen los pies.

—No tengo dónde descansar las piernas —dice bajito.

Cuando Abuelita quiere sentarse cómoda y canturrear mientras pela las papas, tiene que conformarse con una silla de la cocina.

Por eso es que mamá trajo a casa el botellón más grande que encontró en el restaurante y empezamos a llenarlo de monedas.

Ahora el botellón pesa tanto, que yo no puedo subirlo y bajarlo de la estantería. El tío Santiago me regaló 25 centavos, y tuvo que alzarme para que yo pudiera echar la moneda dentro.

Después de cenar, mamá, Abuelita y yo nos pusimos a mirar el botellón:

—Bueno, nunca lo hubiese creído... pero parece que está lleno —dijo mamá.

Mamá trajo a casa envoltorios de papel para las monedas de cinco, de diez y de veinticinco centavos. Yo las conté y las envolví.

El día libre de mamá, llevamos las monedas al banco y las cambiamos por billetes de diez dólares. Después, tomamos el autobús y fuimos a comprar nuestro sillón.

Lo buscamos en cuatro mueblerías. Probamos sillones grandes y pequeños, altos y bajos, blandos y duros. Abuelita dijo que se sentía como si fuese Ricitos de Oro en "Los tres osos", probando todos los sillones que encontraba.

Por fin encontramos el sillón de nuestros sueños y el dinero del botellón alcanzaba justo para comprarlo. Llamamos a tía Ida y a tío Santiago, quienes vinieron con su camioneta para ayudarnos a llevar el sillón a casa. ¡Sabían que no podíamos esperar hasta que la tienda nos lo enviara!

Probé el sillón en cuanto lo subieron a la camioneta, pero mamá
no me dejó viajar sentada en él. Eso sí, una vez que lo bajaron, me
dejaron entrar en la casa sentada en él.

Pusimos el sillón frente a la ventana con las cortinas rojas y blancas, y mamá, Abuelita y yo nos sentamos en él para que tía Ida nos sacara una foto.

Ahora Abuelita se sienta en el sillón durante el día y habla con la gente que pasa por la calle. Cuando mamá vuelve del trabajo, se sienta en él para ver las noticias en la televisión. Después de cenar yo me siento con ella y si me quedo dormida, mamá estira el brazo y apaga la luz sin tener que levantarse.